御徒町凧

雑草・他

poem-piece

もくじ

貝殻

微笑みが微笑みであればいい
と
水溜りに映るビルに映る雲
考えごとをしている
と
考えごとになってしまう
人類最大の発明は
無論
カゴのついた自転車である

ジャム

命の取扱説明書が
近付くと大きい壺の中で
煮詰まっている
直線の懊悩
見覚えのあるお伽話が
二本の旗を交差させる
あらゆるロケーションに
肘をついて小指を噛む
ある種の余裕の表れか
断層ごとに色分けされて
こちらとしてはありがたい

燕と蟻がついてくる
曲がった背筋を少し戻して
両手で掬った
打ち上げの花火の閃光
その寸前の
沈黙

雑草

油断すると
虫に喰われる
血の色を覚えている

言葉をくれて
ありがとう
待ち合わせの隙間
羽を拾う

煙

羊の鳴き声は「メー」
分解するとEm
螺旋階段を駆け下りて
卵が割れないように
よくできたCGのアクション
孤独を握る大将の寿司
カウンターで眺めている
君が遠くなる
鈴虫が鳴いてる
アラジンの絨毯で
ニューヨークを目指した

あなたの呼吸
足音が聞こえない
前髪が目の下まで届いて
生きていることを忘れる
瞬間をカモフラージュにして
バックパックでより暗い所へ
塀の上　橋の下
見えそうで見えない
いつかの水彩画
肺がキュッとなる

ガードレール

友達の家に遊びに行く
インナーが汗に滲む
ゴミの日を覚えているか
チャイムの前の静寂
なにかが焦げる匂い
手を繋ぐべきだった
雪の朝の目覚め
真空に咲く花
日常の死を受け入れる
存在しない者へ訪れる
輝かしい時制

寝癖

夏になったら
アイス食べようね
写真には写らない
クリスマスの電飾
絡まる
大気中の水
スモールワールド
肌のトラブル
網膜が憶えている
断った
食べかけのパンと

それを運ぶ手付き
遠いところと仮定した
シャッター
君がいる僕

キーホルダー

ショートケーキを食べてみたかった
たいていのことは我慢できるけど
金魚に比べればマシだと思ってた
LEDがけっこうキツくて
これが鬱なのかなって日記に書いた
青空の下の麦わら帽子の絵葉書が
一番の宝物
ア・ロット・オブが上手に言えない
どこにでもあるようなことが幸せなのに
どうしてみんな急ぎ足で行くんだろう
駐車場で明かしたあの夜景が

走馬灯のハイライトを飾る

駅

一周してどうでもいいって
実際は三千周くらいしてる
一見似ているところが曲者
表現は違えど味は同じ
怒るより褒める方が
人は伸びるものさ
目の中の魚が宙に逃げ出した
ヤワラカイモノヲセンメッセヨ
嫌なコマンドだけど
二者択一なら指運に賭けるだけ

雀

日に透けた体
貰いタバコの余熱
細く吸った息が
小刻みに伝える
四角いテーブル
空白のレジスタンス
うすまった雨雲から
メキシコの泡
You are dead.と告げられて
通行止めを喰らうカーニバル
再生を讃える

ひとまわり大きな闇

カラーコーン

とんがっていれば
目を引くと思った
シロツメクサの冠は
幾日かして枯れた
細かく密集しているものが苦手
実は海を見たことがない

フライパン

春の小川に
旋律が流れる
丸みを帯びた
抑揚
焼け跡から覗く
富士
赤く赤く
燃えている

城

穴には大きい小さいなんてない
ペットボトルのフタが開かない
守るべきものがある
喜びの種が
煙に巻かれる
正直者がパチンコ屋に並ぶ
海の向こう
タイトルだけがそれっぽくて
僕たちの生活はシラけている
今日の夜ってステキだね
大切なことは何一つ

ト書きには書かれていない

歌

山が見える
唇が動く
こんなところに黒子が
君は照れている
それとも振り
見えないところに
四つ葉のクローバー
甘く味つけされた
スペアリブ
夜の長い月に
肩甲骨が動く

パーカー

あの日あなたと目があって
帰る場所をなくそうと思った
「只」であることが嬉しくて
草原の真ん中に立つ

海ネズミが支配する海賊船
飲みかけぬるくなったジン・コーク
履けなくなるまで履かれたコンバース

孤独だね
うん

孤独だね

嘆かない花？
そりゃいっぱいあるよ

雨あがり
振り向いた
あなたが霞む

天道虫

音楽はすべて懐かしい

他人から決められた利き手で
不器用に己を慰める
遊覧船から合図を送る
ルーツの異なる姉妹
胸の膨らみは
小さなブローチによるもの
君の血で雪は汚された
輪廻の道すがら
平衡が潰される

じょうろ

辺り一面が
緑になって
死者のダンスで
死者を迎える

スロープの先で
君の寝顔が微笑む

透き通る花のささやぎ

酒に浸した米で

雀を誘う

アスファルトの無伴奏
サバンナの夕焼け
エーゲ海の遠鳴り
トランジットの中華
点描のデッサン

胡椒

結局私は
あなたになり
たかったのだ
抱きしめ
ていたのは
残像の猫
海へ行こう
とまず口にして
百円ショップ
を
徘徊する

パーティー
楽観の
自由落下
見つめる
だけの群衆

テレビ

そんなこともあったね
あんなこともあったさ
詩集を譲ってください
仔猫はいりませんか
隙間を埋めてください
歯が大きく見えますね
砂漠じゃなくて宇宙です
熱帯魚という皮肉
包み隠さずお伝えします
角度による相違は
自己責任でお願いします

ガタガタしているのは
あなたの方ですよ
おそらく　ということで

石

引力という絆
蛙、ナメクジ、百足

幼少期の文脈から
弾き飛ばされ
質量をなくした楽器

暑い日に
暑いと口にするならば
青い空を
青いとする口もある

ソウルに叩かれて
コロコロ舞い上がる
ただの塊

カラーコーン2

大雑把にまとめると
土の匂いなんてない
隣人はたいていお喋りで
水面はたまに輝く
人は植物に動かされ
家畜は繁栄を極めた
帽子の形に花開いた文化
結論みたいな太陽
排気ガスをなんとかしてくれ
コンビニのおでん
愚痴がそろそろ煮えている

踏切

月まで歩いたら
何年かかるみたいなことを
ざっと計算した時
眠る時間を考慮しなかった
地元に
付けの利く駄菓子屋があって
みんなてきとうに食べたから
万引きはほぼなかった
永遠を意識したことあるかい
背中のファスナーが半開きだぜ

五十円玉

おつかれさま　と
ホオズキがはじける
子供部屋の暗闇　を
キツネがはしる
非常ベルが
朝焼けを加速する
もう間もなく
覚めてしまう世界
覗き込んだ穴から
疑問符を逃した

レンゲ

抜ける空がいいでしょう
とは言えもうそこには
空はありません
湯気のようなものが立って
向かいにあなたがいるでしょう

柚子の香り
不揃いの箸
舌先を掠める
古びたポスター

マンホール

孔雀の羽を盗んだことがあってね
まだ孔雀を知らない頃の話さ
誰も信じてくれなかったな
それ以降かな友達ができなくなったのは
仕事は嫌いじゃないよ
騒音にもだいぶ慣れたし
老後のこと考えると正直ブルーになるけど
今はけっして悪くないと思ってる
現に今日だって
見たこともないくらい晴れていて
週末はピクニックの予定

え？

誰とだっていいだろ

爪切り

寝息

日の陰り
追想のタペストリー
細分化された日常
どこまでも飛んでいけ
放たれた胞子
顕微鏡を覗いて
背中を丸める
薄くなった三日月
折り紙にして満足
汗が乾く間に

次の場所が見える

ピアス

幸せはローラースケート
迷い道の紅葉
緒の切れたサンダルが
ゴミ袋の中でウインクする
薄い珈琲を
人のいないテーブルに置く
至近距離の鳩
図書室の隅にうずくまって
時間に取っ手をつけた
ボールペンが殊の外
スムーズにすすむ

間違いを認めない
鉢植えに守られた
友達の証

水道

思いも寄らないところから
涙が溢れてきて
道ばたに
花が咲きました

バスタブからモーツァルト
壊れそうなロッキンチェアー
はじめに声を掛けた人に
なんらかの卵料理を振舞う
背のないアルバムに挟む

強すぎず弱すぎず
心臓に頭を乗せて
レコードの回転を見ている
また文鳥が外に逃げました

Ⅲ

降る雨に打たれる
待ち合わせはしない
考える前に調べる
苛立ちを信じない
エアーポンプの振動
こめかみのリアル
重なるだけ重なって
要約される家系図
この気持ちは
音楽でしかない

雨

日本語が満ちている
潮騒に洗われている
雲の上は晴れている
カレンダーを捨てる
メダカに餌をあげる
蛍光灯の部屋に座る
使わなくなった重機
ペニスが萎んでいる
星がまた囁いている
調理場で包丁を洗う
クラスメイトに会う

波打際が汚れている
心と呼ばれるものが
頭頂からはみ出ている

ガソリンスタンド

誰にでも親がいて
誰にでも庭がある
一つ目のお化けが
舌を出している
真っ直ぐ帰れない道がある
知らぬ間にはだけた毛布を手繰り
ベッドサイドの灰皿が落ちる
ステレオのガラスに映った
揃えた前髪の泣きっ面
シーフードの新鮮な
坂の多い石畳の街

女の子の呟きが蝶になり
死に場所がなくなる安堵

時計

抜けた歯の違和感
カタツムリの信念
窓際のうたた寝

すべてが砂に落ちていく

飛行機雲が太陽に重なって
母親と入った喫茶店
歌われるための歌

寒さは痛みで

痛みは喜びで
細い傷から一筋の液体

葉書

君は覚えている
今
手を取り合った
こと

日差しが
さえぎった
もくろみという
染み

ハイボール

工事中の建物の最上部に
大きなキノコが生えている
キノコは次第に垂れ下がり
建物をそのまま覆ってしまった

露天風呂に浸かりながら
満月に近いものを見ていた
胸の中から手が出てきて
翻って鷲掴みにされる

数字で評価されることの違和

ネクタイの起源も知らない
青白い微弱な
指先の官能

オーケストラを鞄に
船旅のスキップビート
写真機の前に立ち
見つめていた明後日の時雨

毛
玉

無人島に持って行くなら
百円ライターだとあなたは言った
三白眼が相応しい人だった
競馬場で食べる蕎麦が好物で
喋ろうとするとそこにいなかった
蚊に抱く殺意
充電の切れたiQOS
いつも深爪で
人のせいにすることはなかった
川沿いの道を歩いていたとき
胸に空いた穴を風が抜けて

時間を手放そうと思った
手持ちぶさたで振り回した枝が
ビュンと鳴って
ただ私をあなたから遠ざけた
ごめんなさいと言ってしまえば
楽だったのかもしれない
いつまでもここにいるつもりは
なかったはずなのに
仕組まれた商店街のノイズ
冬がもうそこまで来ている
安売りの液晶テレビ

幻と共に

自販機

人の顔が判らない
都度、忘却の相
あなたが見つけてくれると
それは淡い吐息
犬と猫の中間
鳴き声は振動
平和に裏付けされた
多様なダンスが
小分けにされている
手を伸ばせば
握るのが筋

噴水

頑張ってとか
大丈夫って
言ってしまった後の
気まずさ

できることなら
深い海の底とか
重力の届かないところへと
捨ててしまいたい

基本

来る者は拒まず
去る者は追わず
居る者には惜しまず

インターネットは確実に
社会を豊かにした
太字で喋るような友達は
対岸から見れば濡れている

シール

挨拶は手短に
タキシードのサイズが合わない
人は結局
人を殺すと嘆く
読めない字はそのまま
予測で生きる
カマキリに睨まれた
頭上を旋回する鳶
雄大な海
死に急ぐイルカもまた

灯台

突拍子なんて
とっくのとうに
取っ払ったのに

遠くまで照らす
灯台の下
戸惑い隠しきれず

通り雨が
突然降り出して
取り敢えず取り合えず

トランジスタラジオ
東京のナウ
透明な投稿

串

太陽系第三惑星（言ってるそばから）
宇宙の真理は眉を顰める

六本木ヒルズを畑にして
トウモロコシでも育てればいいのに

フェアプレイを意識しすぎて
芸術点が伸び悩んでいる

調味料が発達したおかげで
戦争もだいぶなくなった

本当の月の在り処を教えてやってもいいが
今夜の飲み代くらいなんとかしてくれよ
そこは話し相手のいないバー
調律の狂ったピアノがとぼけている

人

かさなる
ほどける
そこに産毛

ぬれる
こわれる
ここに定義

宵に包まれた
仮留めの善意
写メを送り合い

やわらかく広めた
靴底のマテリアル
雨上がりの綻び

結露

サブスクの中の老詩人
鈍いアコースティックギター
夢とは
と問われれば
グラスを傾けるだけ
電子レンジの前で
変わりゆくものを見ている
三世代のフリース
母さんのホットミルク
sleepとawakeが
てれこになって

積まれた新聞が崩れそう

ギター

男を抱く時は
腰に手を回す
開かれることのない本
指でなぞって印した
アルファベットと数字で
愛嬌が捻出される
蛇を食べる兎だっているさ
とある民謡の歌い出しのように
ドライブスルーで禿げた土地を買って
お花畑を解放した
幕があなたの手元を

徐々に森にかえすでしょう

ギター2

七夕の線香花火
小さなマグマの中で
どこにも行けないと叫ぶ
振り返らないと
分からないことばかり
君の余白に
くちづける
プラネタリウムで寝違える
沈黙の恋人
よろしければこちらへ
波の音のテラス

雑巾

名づけられることの
なんと恥多きことか

真っ新であることの
なんと惨めなことか

君は限りなく寄り添う
まぶしさという季節

坂道

なにもないところで躓く
脈絡なく歌いだす
遠い地球の裏側で
極楽鳥が羽ばたいて
サドルが股に食い込む
世間にはかわいくないない子供もいて
憎たらしい老人がひしめいている
メガネを外すタイミング
落雷でタバコに火をつける
夏は追いかける
冬はやり過ごす

ザルの目を調節して
なるべく単純なオーダーをする

花壇

オセロの必勝法を説く友達がいて
記憶の中で事故にあって死んだ
自立するロウソクを部屋に飾って
それとなく弔っていたのだろうか
眠りに落ちるメカニズム
空っぽのガチャガチャ
オーロラの話をすればよかった
寒くてもポケットは要らない
石像のプライド
ブレーキなんてどこにもないのさ
着古したTシャツの後ろ前

ブラジルから風が
ブルートゥースのイヤホン君たち
意地はなくならない
いま起こる地震
パンドラの土を敷き詰めて
すべての色を受け入れる所存
立て看板のハッタリもまた

雲

柔らかい芝生の上
球体に支えられた
紫色のリグレット

初めての種子がくすぐる
誰にも気付かれずに
すべてはここにある

タバコの煙が
空に入り込んでいる
笑い声もろともも

ベンチ

好きとか嫌いとか
考えたこともない
珈琲のクリームについて
決めてないことと同様に
大気の流動が
命の源
午後の珈琲は
たいていブラック

ドア

軒先に猫が現れた
無闇にミルクなど
与えてもいいものか
直近観た映画では
カロリーメイトを分けていた
コンビニで餌とか買ってるうち
いなくなるのがオチ
痩せた体を石に預けて
虫を追っている
白と黒のまだら、野良
誰からも愛された痕跡もなく

ガラス窓一枚隔てた私を
私以前の者として語る
それから疲れたように眠った
日射しが体に重い

埃

誰に教わったわけでもなく
ものを食べ
誰に教わったわけでもなく
立ち上がる
財布を忘れたままに
ターミナルを目指すのもいいだろう
お気に入りのカフェに
リザーブなど必要もなく
青空のキャンバスが
雲に覆われて
ここにいるということが

こんなにも不自由だ

切株

握りしめた指が
少し震えていたね
月の明かりがまるで
誰かの視線みたいさ
うつむいた横顔
こぼれ落ちた涙の音
これが私の最終形
笑わせんなと
妄想が蠢く

体

暗くなるにつれ
広くなる部屋
裸がそこにある
四分音符が隔てた
涙と汗が混ざり合う
ポルトガルの海
言葉を音にした時の
水槽に
閉じ込められて

あとがき

「詩の時間」の話を頂いた時、特に詩がなかった。ちょうど舞台演出をやっていることもあったが『Summer of the DEAD』を作り終えたことが大きかったか。その空っぽの中からどんな詩が書けるかということをしばらく模索していて、している内にまた夏が来た。

きっかけ。自転車で信号待ちをしている時、視界の外で揺れている雑草に気づいた。雑草が雑草として認識されるまでの瞬間、そこに詩があると感じた。雑草の形容でもなく、雑草の一人称でもない、雑草そのものに肉薄するような言葉。いざ捉えようとしても体に意識がいってしまうから、汗だくになって近所や公園を裸足で歩き回る。噴水の前で一日過ごしたり。ややケミカルだがサウナの中でも書いた。ここに一連収められた詩は、この二ヶ月の間に書かれたものだ。大きな意味では一編の詩のようでもある。

いくつかのルールに則って書いた。それはまたどこかで話すことがあるかもしれないが、鑑賞には一切必要のない情報でもある。結果、今まで書いてきた詩の延長のようでもあって、それは喜ばしかった。

「うるさい」と書くと「五月蝿い」と変換されて、部屋の中を大きめの蝿が飛んでいる。構成に煮詰まって「あとがき」に着手している最中。「蝿」という詩を書こうかという欲求を抑えて構成を進めた。ところで「マフラー」や「向日葵」は情緒が強くて詩にならなかった。

いつも朝起きて、まず詩のことを考える。詩のことを考えている時、俺の中に詩はない。

御徒町凧

御徒町凧

おかちまち・かいと

詩人。1977年東京生まれ。2006年第一詩集『人間ごっこ』を刊行。以後も詩集を発表し続け、最近の著書としては『砂の言葉』(13年)『Summer of the DEAD』(18年)などがある。また、森山直太朗の楽曲共作者としてほぼ全ての作品の作詞や舞台の構成演出などを手がけ、2008年、楽曲『生きてることが辛いなら』で「第50回日本レコード大賞作詞賞」を受賞。2019年1月から自身主催の詩の朗読会『POETRY CALLAS』を月一で定期開催している。

『雑草《ざーそう》・他《ほか》』/著者　御徒町凧《おかちまち かいと》/2019年11月22日 初版第1刷　/発行　ポエムピース　東京都杉並区高円寺南4-26-12　福丸ビル6階　〒166-0003　TEL03-5913-9172　FAX03-5913-8011/デザイン 文平銀座/編集　谷郁雄　川口光代/印刷・製本　株式会社上野印刷所/　ISBN：978-4-908827-58-7　C0095　Printed in JAPAN